松坂かね子歌集

東奥日報社

目次

窓の氷紋

一一五首

春

女生徒らはかけ声あげて一瞬に春となりたる舗道を駆くる

野を急ぐ足にまつわる蜆蝶ふみとどまればつと離れたり

八甲田の山に息する雑木々か根方はなべて雪まろく消ゆ

雪解けの浅きところを見分けゆく犬に引かれて泥濘あゆむ

青く堅き蕾を抱けるタンポポを抜けば尺余の白き根をひく

銀笛に湯の音をたて真夜ひとり青き月視る人魚となりて

走りきて瞬時《しばし》ためらう犬のあり名を呼びやれば跳びつきてくる

一粒の種子もつ絮毛漂いて意志をもつがにわれを逸れゆく

轢かれたるゴム手袋は一対の生きものめきて路上に弾む

帰省せし妹の持ち来し鍋の穴兄はリベットに修繕しおり

学舎《まなびや》へ明日は発ちゆく娘がひとり真夜ひそやかに爪弾くギター

ぶつぶつと針の目粗し帰省せる息子のズボンの裾上げ見れば

面やせて帰省せし子がこの春を部屋にこもりて専門書読む

しっかりと血と肉になれ帰省せる息子の喉を鰻は下る

垂り穂と花文字

赤ちゃんをルルルとあやす巻舌がイタリア歌曲のRの発音

憧れて仮想のうちに歌う恋火傷せぬ恋たまゆら楽し

私を死なせてと歌うイタリア歌曲その気になって歌う楽しさ

わが胸を裂けよ君のみが宿るという恋の激しさわれには遠し

胎の子をゆるゆるこの世に送り出す腹筋が必死に支うる声量

冬の間を汗かくこともなくて来しわが血潔めん蕗の薹食む

終戦の食の乏しさ語りいる夫は野草の料理好まず

「兎追いし」は「兎オイシイ」と思いこみ唱った戦後の少年の夫

ふさふさの毛並揺らして走りくるドッグフードが育てし犬ら

父さんが料理を作り母さんがそれを食べると中2の英語

都会人《よそもの》と思われしわれしわれか町内の行事の田植教えられおり

左手の早苗を右手に分け取りて田にさす仕種つつしみて聴く

振りむけばわが植えし苗水に浮き町内会長植え直しおり

不様にも曲がりて植えしわが苗に実ればいいさと慰めらるる

苗の量植うる間隔のほどのよさ昔人《いにしえびと》の知恵におどろく

父の死に会いて帰れるわが家に稲穂と餅が届けられたり

ゆっさりと持ち重りする一握の垂り穂を父の遺影に献ぐ

調べものありてわが来し図書館に二か月分の地方紙めくる

東北人なかでも青森県人の建設事故死が東京に多し

木々いまだ芽吹かぬ春の道ゆけば甘き香流るる花の店より

誕生日《バースディ》カードに花文字書きかけて娘《こ》の年齢をふと数えおり

目的をもちて生くれば表情も変わりてくると歌を詠む友

追いかけて追いかけられていきいきと鳴き交わしつつ尾長群れとぶ

右・左信号までも確かめてゼブラゾーンをわたりゆく犬

人はみな平等という生《あ》れしとき既に性別あること不思議

轟きて屋根雪落ちししまらくを薔薇の樹形の揺らめき止まず

ストーブの燃えいる部屋へと天井の鼠は居場所を移動するらし

本箱を移せばビニール集めたる鼠の小さき空の巣出でくる

留学生射殺のニュースに英会話教室きょうは討論会となる

この印籠見えぬかのチャンネル切り換うる黄門なるぞと別の番組

踏みこめばたちまち開く自動ドアこの単純をわれは愛しむ

眼を射ぬく

うちつけに降りはじめたる秋の雨乾ける土の匂いを運ぶ

金木犀匂う舗道を兄の押す自転車にわが荷をまかせて歩む

灯明かりに頁を繰るとき押し入れのなかより透る蟋蟀の声

真夜中を乾ける音に蟋蟀はわがスタンドの下に着地す

秋深きまよなか一時を起きている歌う蟋蟀うた詠まぬわれ

うす墨に新井田の川面を染め上げて幾千の鮭ひしめき溯《のぼ》る

仲間らの魚体の上にその腹をこすりこすりて跳ぶ鮭もあり

色抜けし屍《かばね》となりて産卵を終えたる鮭は川を流れ来

霜消えし庭の草花刈りゆけばラグビーボールほどの蜂の巣

この夏にわが為せしこと何ならん雀蜂がつくれるあまたの巣穴

大学の改革議案書練る夫に昼夜ふたつの弁当つくる

いくたびも会議重ねてきし夫か独りごてるを黙して聞けり

ゆくりなく入りし図書館絶版の本と出合いぬ雪晴れし日に

論争は命をかけてするものと自序のことばは眼を射ぬく

窓の氷紋

ぬけぬけと嘘を告げいる紅唇の動きを見つつどっと疲るる

かく言わばかく反論のあるならん気づきしよりは黙深くおり

滔々と論拠なき反論述ぶる声会議の席に風として聞く

屋外は零下三度の雪の街終えたる会議を記録に残す

冬日射しかげりて淡く吹雪く日は影のごと来る一羽の雉子《きぎす》

夕光に陰影あれてのっぺらの白雲モンスターに目と鼻のつく

親族のひとりもおらぬ八戸に棲みつきしより二十年過ぐ

お酢はないが酢はありますと商店の主《あるじ》は言いぬニコリともせず

北向きの窓に生れし氷紋のゆるびぬままに夕べに入りぬ

胸内に齟齬生れんとす間をおきて風が戸を打つ音に醒めおり

きしきしと囲り《めぐ》狭めて凍りゆく川の真中に残る夕映え

ドドドドとひびく音する跳びのけるわれの背後に落つる屋根雪

大寒の寒さに頭脳も痺るるか郵便局へ眼鏡を忘る

「ただ今」と零下三度の夜を帰り夫はま白き霧氷を吐けり

屋根の上の凹凸くっきりつけしまま雪の庇がわが部屋のぞく

ごうごうとストーブ燃ゆる寒の夜を馬追いひとつ絨毯を這う

さしのぶる林檎の皮に吸いつきて馬追い動かず大寒の夜は

北国に移りて覚えし漬物の味にこだわり冬越さんとす

香りはじめぬ

人間の角《かど》がとれたと言われし日肩パットつまむ鏡に向きて

味噌汁は薄味コーヒーはストレート私好みにされゆく家族《うから》

家族らのもつ腕時計と置時計わが家の時計はみな誤差をもつ

いっせいに竿に掛かれる雪水がプリズムと化すきょうは立春

したたかに転んで動けぬわが四肢へ頭脳は命ず「即　移動セヨ」

前身は蛇かも知れず脱ぎ捨てしストッキングはとぐろを巻けり

交通事故鳥にもあるらし硝子戸に激突したる鵯は即死す

海霧《ガス》晴れてかがよう海のひと雫アクアマリンの耳飾りする

寝ころびて節穴数うることもなし改装なりたる白き天井

横書きの見慣れし丸文字この春は縦書きとなり結婚を告ぐ

おなじもの観ているかそかな連帯感噴水の囲りをベンチが並ぶ

ほの紅き古代の蓮の花びらの舟に乗りくるいっぴきの蟻

掬いたる蓮の花びら艶をもち触れたる指に意外と厚し

猫用の缶詰の蟹を皿にのせパセリも添えて映せるテレビ

牙むきて生命狩りせず餌ねだる猫の眼は青く澄みいる

鋭角の光る葉先の萎えそめてパイナップルは香りはじめぬ

記憶

イヤリング落つるはいつも左にてわが耳たぶの厚さ異なる

炊飯のスイッチ忘れし小さき過誤それより予定は狂いはじめつ

ひえびえと海霧《ガス》の流るる八戸の北の大地にじゃがいも太る

母鯨の声をテープに流す船子どもの鯨の並びて泳ぐ

わが指の迫る気配にいちはやく天道虫だまし土に落下す

皿の上の雲丹は鋭き棘をたて食さんとするわが指を刺す

床上《ゆかうえ》をぬめりきたりて蛸の足吸盤は強くわが脚を吸う

ごしごしと束子に泥を落とすとき無農薬人参匂いたちくる

人参をゆっくり噛めば疎開児の幼なかりにしわれと出会わん

畑より盗りたる一個の白かぶを甘しと食みき疎開児われは

疎開地のじゃがいも畑につぶしたる天道虫だまし指が記憶す

縄文の女もピアスをしていしか遮光土偶の耳たぶの穴

美食にも怠惰にも遠き貌とみる復元されし縄文の美女

焼夷弾庭に刺さりて薬莢を拾いきたりし父も逝きたり

親指に両耳ふさぎ目と鼻を残りし指に押さえし記憶

二十三歳の夫に宛てたる姑の手紙大方は弟妹の学資の相談

五月の空より

前足を硝子戸にかけ立ち上がり栗鼠はうかがう人間の部屋

ベランダの乾き残れる雨水を屈みて栗鼠はひたひたとのむ

飛翔とは力を要す鵯のとび去りしのちの縦ゆれの竿

米国へ息子を送り七日後はスウェーデンへと夫を見送る

スウェーデンの鉛色の空をまず言いぬ五月の空より降り来しひとは

雑草に占領されし庭見つつ「緑が美し」と夫のひと言

風花空間

一〇六首

「人」という文字

右側へスマッシュ決むると見せかけて裏切りは競技のみにはあらず

満月を映してゆるがぬ水たまり踏み砕きつつ帰りきたりぬ

ずっしりとわが手に重き皿一枚ひびの入りしに初めて気づく

美しき怒り方などあるらしも焦げず真白に膨らむ寒餅

道の辺の紅きひなげし揺れゆれて真っ赤な嘘を風に告げいる

気ままなる風の囁き動かざるわれの囲りを渦巻きて去る

植えおきし位置を移りてオダマキは生き生きと咲く日の照る方に

活けられてすがれし桔梗を抜き取ればキャビアのごとき種子を零せり

わが足に踏みしだかれて唐突に強く香にたつ初冬《ふゆ》のミントは

核心に触れなんとするその刹那にこやかにひとは席をはずせり

ひとり立つ気概も気力もなき国の「人」という文字凭れあいつつ

冬の部屋より

いかならん企業戦士でありたりし帰省せし娘はひたすら眠る

寒暖の狂いしものか月下美人師走七日の今宵を咲けり

如月の午前二時なる孤独かな無言電話はこの時間帯

うす紅の薔薇の花びら想わする生ハムかすかに獣の臭いす

屈辱の極みと言わん贋餌《にせえさ》に釣られてのちを放さるる鱒

話しかくれば艶めくと聞くサボテンの蕾を守《も》りて鋭し棘は

花吹雪のごとくカモメは湧きたちて鰯のトラック追いかけゆけり

人の手に造られ見分けはつかぬというマジョリカ・パール光《て》りて寂しも

リラの木のはつかに揺れて風花の流るる庭を部屋に見ている

論に馴染めず

水流に逆らう真鰯群れをなし水槽はさながら銀の円柱

銀色に渦なし泳ぐ真鰯の流れに逆らう一匹はあり

ぐるるんぱぁ　ぐるるんぱぁと銀鼠のラッコの泳ぎは回転魚雷

生き難きは人のみならず海草の擬態に生くるシードラゴンは

長ながしき夜の廊下を夫のいる研究室へと夜食を運ぶ

ゼミ研の学生五名の顔写真指名手配のごとく貼らるる

女子トイレのタイルは淡きピンクいろ工業大学ほんわりとして

啄木鳥の嘴の形の「ドア叩き」夜の校舎に乾ける音す

行き先に「パチンコ」と大きく書き加え矢印してありゼミ研生は

「暫時不在」に疑問符ひとつ付けおきてどこかで一服している教授

あす夫がドイツへと発つ忙《せわ》しき日姑の電話は胃を病むと告ぐ

標識に導かれつつ五時間を運転しつつ来し夫の家

ふつふつと土鍋に粥を炊きており傘寿の姑の胃にやわらかく

片腕を捉えてきらめくペアウォッチ拘束さるる気のして外す

竿の上のひよどりの嘴《はし》われに向きときおり光る刃となりて

「ポリデント」などと柔らに微笑《えま》いつつ女は男を馴らしゆくらし

語尾濁す土地の言葉に味わいのよさありとする論に馴染めず

新幹線の来る街

ラップされ並ぶ鰈のクロガシラ生きておるぞと尾をばたつかす

トレーより摑まんとするわれの手を鰈は尾びれにバシリと叩く

足裏の横じまくっきり庭雪に残して雉子の足あとつづく

飲み残せしドリンク剤の一滴に部屋のつゆ草ひらく大寒

氷点下八度をともに生き抜かん小鳥へ林檎の皮あつくむく

男らの車五台を停車させ雛をつれたる母雉子よぎる

近づくな河童《メドツ》が出るぞの立札も取り払われて舗道となりぬ

信号のなき夜の道ブレーキを踏むたび蛙の声湧きあがる

顎の下撫づると伸ばす掌の指を仔牛は乳首となして吸いつく

雄鶏の矜持といわん雌鳥に虫をゆずりて鶏冠《とさか》ひからす

新幹線の通るこの年去りゆきし四百世帯の行く末おもう

閉店の値下げ競争その果てにいまだに続くテナント募集

やがて成る区画整理にこぼたれし家の跡地に群れ咲くすみれ

コンビニとパチンコ店が増えすぎて地元は営業時間を延ばす

平和祈念展

初盆を迎うる姑の墓の辺のねじ花ひと茎残し草ひく

在りし日の姑と替わりて土地人に伴われゆく盆の市の日

調味料足しつつ味見をするたびに行方不明となる姑の味

義妹《いもうと》に味見させせつつ煮含める煮物ようよう姑の味なる

ばらばらの私をひとつに纏めたる喪服のファスナーひと息に引く

はげしかる喧嘩七夕綱引けばわれも烈女と化す夏の宵

宣戦の詔書まじまじ見つめいる天皇の名は明らかにあり

焼け焦げし着物の棒縞わが母の着ていしものと同じ銘仙

うつしえの舅《ちち》も被りていしものは満州の地の防寒帽ぞ

両袖をパンに替えたるラーゲリの防寒外套の裾も切れおり

いも虫の氷菓の甘きとラーゲリのかの日を伝うる底ごもる声

木の皮もナメクジも食いしと男らのテープの声を黙して聴きぬ

術後の日々

癌手術終えて明けたる病室に電気カミソリの音透りくる

切られたる乳房の欠片を恋うる胸かそかにうずく真夜の臥床に

生きて見る大き三日月仰ぎつつ相病む友とそぞろ歩きす

放射線に焼かれし皮膚はこんがりと日焼けの色と医師は褒めゆく

ＣＴの検査の筒へと吸い込まるワンダーランドのアリスとなりて

忠良の肉うすき女人豊かなる乳房を持つとはじめて気づく

ゆっくりと病後は休めと労られナマケモノめくわれの起き伏し

朝の日の部屋に射す位置移りきて春の足音近づきて来る

屋根雪に幹を裂かれし沈丁花さかれしままに蕾を抱く

癌手術終えて五ヶ月ドカ雪を片づけ始めむ　負けてはおれぬ

美しく癒えてゆきたし雪の香を吸いつつ部屋にストレッチする

枯れ庭を黒土もくもく走りゆき土竜の春が始動するらし

庭すみに珍客到来カモミール蒔かざる種が芽生えておりぬ

脇芽掻くわれへの抗議か青臭き匂いを放つトマトの苗は

休日の昼を駆けいる子どもらに混じりて犬も鬼ごっこする

犬の声まねて鴉が吠えており車庫へ連なる犬小屋めがけ

うつむきて草引くわれに水仙の葉は切っ先となりて迫り来

熱湯をかくればたちまち土いろの和布蕪《めかぶ》は碧き海色と化す

採りたての和布蕪を噛みつつ潮の香に覚むる太古の海草となる

絶滅危惧種

エンジンをかけいるわれを覗きこむ前面硝子《フロントグラス》の蝗一匹

あの山が見ゆれば晴れるの言い伝え今日も当たりて予報は外る

長雨のつづく真夏も薄ら陽に日ごと赤みを増しゆくトマト

羽閉ざし祈りのかたちに紋白蝶葉裏に下がれり雨つづく日は

アーチなし真紅の薔薇が揺るる庭右手に見つつ図書館へゆく

太陽が黒き魔物に食われゆき朱き鋭鎌となりて浮きいる

これよりは小鳥の領分梢高く光る柿の実五つを残す

逆しまになりつつ突つき仰向けのさまにも柿をつつく雀ら

北側の窓をあけたる春の日にかそかに聞こゆ菜を刻む音

枯草生あつめおきたる庭隅にひばりがまるく巣をかけており

癌手術終えて二年め春雪の八幡平にシュプール描く

切られたる山独活の香に満たされて厨はふかき森となりゆく

春浅くようよう咲ける野のすみれ人間われがサラダに散らす

損得は埒外のこと信ひとつ徹さんとして人と隔たる

いまどきにめずらしき人と言われおり絶滅危惧種となりゆくわれか

箴言

眼のあかぬねずみの赤子三匹を踏み潰しつつトマトを植えぬ

部屋内は朝より三十三度なり猛暑の庭に梅干を乾す

ささやかなる庭の菜園夕されば ホースの水に飛び出すねずみ

水滴がフロントグラスを上りゆく時速百キロの風圧を受けて

銀河大橋わたる眼下を北上川《きたかみ》は銀の微塵となりて蛇行す

はずしたる眼鏡のつるの右ひだりつねに左に傾きている

保存には二、三日乾せとの講釈を聴きつつ新じゃが貰いて帰る

みずみずと実る秋茱萸見しのちに散歩の足取り弾みきたりぬ

「中途半端な優しさは人を腐らせる」今朝のコラムを箴言とせん

土偶の祈り

一一五首

林檎

美しき林檎は食めど反乱を起こすほどなる智恵はめぐらず

みずみずと林檎の汁の滴りにきょうの難題ひととき忘る

朝早き駅舎のなかに透りくる猫の鳴き声われを引き寄す

わたくしが猫かも知れず鳴き声をかくれば猫がわが声まねる

蜜柑より林檎の味に慣れ来たるわれらこの地に根付きゆくらし

東日本大震災

いがみ合う人間どもの足元を揺るがす激震走るこの列島《しま》

テーブルの下への指示にパソコンを閉じるに手間取り夫に怒らる

しゃがみこむ床下ぐらぐら夫とわれ共に揺らるる時間の長さ

この家が潰るるは今か揺れながら逃げ道あれこれ考え始む

瓦斯・水道ＯＫ電気はいつくるか真っ暗闇のなかに思案す

ひと部屋に着の身着のまま靴下も履きて寝起きす十日余りを

ああきょうも生きているとの実感に朝あさ覚むる余震の日々は

日を追いて幼友らの名の出づる被災者名簿を夫は切り抜く

真夜中の余震は本震より揺れて停電となる四月の七日

ぶつけたる頭を撫づる夫の手に血のつくを知る傷はいずこぞ

ぱっくりと口開く夫の土踏まずバンドエイドの五枚に塞ぐ

血のにじむ包帯の上キッチンのラップに包む夫の右足

足裏を六針も縫う夫を乗せくるま椅子押す余震の果てに

夜の明けて部屋は血の痕おびただし余震に殺人現場と化しぬ

仙台と東京が謀議をはかりしか不意打ちに来る息子と娘

故郷の陸前高田市　夫の実家は陸前高田市。子らは渓流釣り、海での水泳、川での舟遊び、鮎釣りを堪能した。被災直後は瓦礫に阻まれ、近づけなかった。

救援を断たれて食に窮したる従兄弟ふたりへ運ぶ飲食《おんじき》

果てもなくつづく瓦礫の原となり土煙たてて風わたりくる

右とひだりに瓦礫を寄せしのみの道ほそく続くをゆるゆる進む

黒光りする太柱の支えきし百五十年経る夫生れし家

釘一本使わず建てて地震には強きと大工が誇りいしもの
二百四年続きし「八木澤醤油店」その周りにはひと誰も見ず
六時間かけて着きしに夫の家どこにもあらず瓦礫の原に

異変

今年生まれのひよどりならん庭に立つわれに飛びくる囀りながら

しがみつく網戸に雛のひよどりが尾羽失せたるぶざまを曝す

羽ひろげ網戸にすがる尾羽なきひよどりの子は蝙蝠に消る

遠出するたびに借りるや線量計もちて娘は正月帰省す

自らへ送りきし荷に線量計高止まりして娘は息を呑む

売れ残る野菜の産地は福島より関東地方へ延びてゆくらし

ふるさとの水

夫の母校、気仙中学校は流され、過疎の為廃校となっていた生出川《おいでがわ》渓流沿いの建物が代替校舎となった。湧水が特に美味しい地域である。

流されし母校の気仙中学校懐かしみ行く夫に従う

少年の息子が岩魚を釣りたりし生出川渓流の水匂いたつ

かの年の生徒が渇望せし五十冊なべてが受験の参考書なる

被災地へ利益は全ておとすべし図書券カードにわたす百冊

笑い声話し声なく被災地の中学生百人は耳をとがらす
（主人が短いお話をする）

アラスカに着きしボールが還りきてザラつく感触わが手に残る

「湧き水」と立て札のある故郷の味まろやかなる水を汲みきぬ

はつなつの気仙中学校を訪ねゆくふたたび百冊の本携えて

生徒らの笑顔がびっしり寄りあいて手を振りくるる本を贈れば

子どもには笑顔が似合う生きいきとあすからの修学旅行を語る

支援者にこの歓びを送りたし笑ってくれた生徒の写真

矩形もて区切る土台の石の跡丸き穴あり便槽跡か
（近づけなかった実家の跡地に寄った）

漬物の小さき甕が割れもせずひとつ置かるる瓦礫の上に

裏返り泥にまみるる津軽塗茶托は姑の愛でたりしもの

木村屋のたった一人が生き残り「ゆべし」が並ぶ仮設の店に

噛みしむる「ゆべし」の歯ごたえもっちりと陸前高田の街なみ浮かぶ

移植せしわれらに背を向け咲く桔梗陸前高田の方角を指す

未来図　津波の到達地点に桜を植えるというプランが出た。桜並木を想像し、子ども達の未来に少しでも希望を見出したい。これは私の願いであり祈りでもあった。

白龍丸の幟三旗がはためけり夫の同期の網元のもの

寺庭に積まれし瓦礫に草が生え見慣れぬ山となりて現わる

大空と大地のわれとが引きあえる糸は伝え来爪の心音

津波ひきて後の一年十ヶ月ことしも書かず年祝ぐことば

かの波の到達地点に桜並木《はな》つづく未来図ゆびになぞれる

窓がふくらむ

帰省せる息子の作りしチゲ鍋に汗じんわりと温もるわれら

八戸の風と気温の味を足し成る鰊漬け子らのよろこぶ

新雪を踏まるる前に掃く箒爽けき音の身に冴えかえる

零下七度の街の靴屋の店のなかほの暖かく皮の匂いす

新幹線に鞄開けば立ちのぼるわが八戸の空気冷たし

闇のなかの長きトンネル抜け出して新幹線の窓ふっとふくらむ

湿り気をややに帯ぶるか三月のきょう搔く雪のはつか重たし

春を待ちて河津桜が咲きしとぞ津波到達地点の便り

浄土寺に根づきて三年赫あかと河津桜は陽に匂いたつ

名残りの雪

花咲けば実のなる理知《ことわり》らしめてどうだん躑躅のさや実空指す

雑草を刈りゆく右手を刺されたり花あるところを領土とする蜂

前足に掘りたる庭に用を足し羞しむごとく猫は土かく

大口をあけて欠伸をする猫の紛れもあらぬ四本の牙

はにかみて母の後ろに隠るる子隣りへ越しきて七日目となる

山葵入りソフトクリーム舐むるたび舌にまつわる清流の風

思いっきり蹴飛ばす気概もなきわれがつけたる傷か靴の爪先

上昇気流とらえて渡りをするという淡青色の翅をもつ蝶

雪の日の栗鼠となりたる昼下がり採り貯めし胡桃をわりて食《たう》べん

わが声に地よりフェンスに跳びうつる鴉の嘴より白き湯気たつ

ひとすじの朝日を受けて唐突に氷柱六尺ルビーと化せり

人界の汚れにはつか染まりつつ名残りの雪の消えてゆく庭

春愁

足裏のかかとの荒れもいつの間におさまり春の迫る気配す

八戸の老舗の店の建物が名のみ残してビルとなりゆく

ここいらにあったはずなる「陣屋」という古き建屋の蕎麦屋消えいる

塗り壁にテナント募集の張り紙がはためく街のシャッター通り

貧しかる空間そらへと積み上げて心ゆたかに暮らすと言うや

あきらかに標的はわれやんわりと反論を言うひと息いれて

遠巻きに張られたる網じりじりと狭まり来るかきょうの会議は

ぬるぬるとぬめる蛞蝓指を逸れ捉えきれざるかの日のことば

なにを見て汚れしものかきょうの日をかけたる眼鏡を水にて洗う

拾得物

W51の番号のつく流されし木箱ひらけり福祉事務所に

祖母《おおはは》の育てし小豆は四位とぞ大正二年の賞状いで来

祖先《みおや》らの交わりあつき慶弔の記録簿を読むすみ書きの和紙

入営の舅への餞別申受帳八十余名が名を連ねいる

ひらきたる「御守」のなかの十五文字に「戦」とありて祈願のものか

書き出しも結びも主文もほぼ同じ軍事郵便の二通を視つむ

この国の戦《いくさ》へなだれゆくさまをまさやかに見す拾得物は

空焦がす炎の記憶「庁」が「省」となりて生れくるものを怖るる

是川縄文館

えんぶりの太夫のジャンギを想わせて縄文の錫杖《しゃくじょう》さびて飾らる

しっくりと肌になじみて縄文の漆塗りの腕輪あかく艶めく

臼《うす》型の弁柄漆の耳飾り耳をはみ出すわが着けしとき
おかっぱの少女のころの甦《かえ》りくる縄文の櫛の頭皮にやさし
腰おろし膝折り曲げて三千年いのり続くる合掌土偶は

まなざしはいのち育む唇《くち》まろくあけて祈れる合掌土偶

魚市場

つれだちて娘と歩む魚市場蛸の白子を勧められいる

娘のえらぶ肴おもしろ鰈鰭《えんがわ》と蛸の吸盤と鮪の目玉

眼も口もからだもまん丸マンボーは触れしわが掌にざらざらとして

水揚げをされたる不覚ぶつぶつと歯噛みするがに蟹は泡吹く

あたまより撫でおろすとき天鵞絨のように滑らか鮫の肌えは

食材も味もゆたかにとりどりに漬物ならぶ「かぶら屋」の店

まふたつの殻にはりつく牡蠣を食むのみ下《くだ》すとき海が匂い来

ふじつぼは今が美味いと八戸の若者は言うよそ者われに

ぬめぬめと縦にも横にも斜めにも指につまめぬ真鱈の肌は

大き花ひらく形に置かれある鱈の頭はざっくり割られ

蓋開くるわれに抗う帆立貝こころ閉じたるものは手ごわし

ふるさと喪失

この柱一本分は寄付したぞ太く黒きを従兄が撫づる

貧しかる祖先《みおや》につながる血縁の幾代かかりて建てにし家か

おごそかに舅は宣うわが家は金山奉行の末裔なるぞ

祖先らの土地を失うこの秋は爽やかにして空晴れわたる

住み継げる祖先らの跡地買い取られただ一通の証明書と化す

あとがき

この度、東奥文藝叢書に参加させて頂き、心から感謝申し上げます。作品は三冊の歌集から選びました。東京から八戸に越してきてはや、四十三年、身近な人には「アンタ、はぁ、八戸人だべ」と言われますが、これがどうして、なかなか困難で、皆さんにご迷惑をおかけしています。

ただ、私は東京生まれですが、東京には僅か四年弱、その後、福島県の山と畑と田んぼに囲まれた田舎に十年間、疎開しておりました。従って東北は初めてではありません。八戸に来た頃は、昔懐かしい田んぼと畑があり、子どもを連れてよく散歩したものでした。

第一歌集「窓の氷紋」では環境への違和感、第二歌集「風花空間」では、いよいよ違和感は膨らみますが、そんな事ばかり言ってはいられない、日本の行く末への危惧、第三歌集「土偶の祈り」はその危惧が的中してゆく頃、東日本大震災が起こり、思わぬ方向へ歌の世界が展開してきました。そして拾得物が出る。この偶然は大事な事を伝えようとする祖先からの声のように思われました。「これを遺そう、これこそ私がやらなければならぬこと」という感を強くしております。全く素人の、抒情にもほど遠いドキュメントのような歌集ですが、この三冊を通して自分の過去を振り返る機会を与えられました。未熟な故に人を傷つけていたことにも気づきました。いろいろな方々のお蔭でこの企画に参加させて頂けたことを心に刻み、これからも歩んで参りたいと思います。

平成二十八年一月

松坂かね子

著者略歴

松坂かね子（まつざか　かねこ）

昭和十四年東京生まれ。昭和三十七年横浜国大卒。六年間公立中学校教諭。昭和四十七年夫の転職にともない八戸へ移住。

昭和五十七年まひる野会入会。平成五年まひる野賞受賞。平成八年第一歌集「窓の氷紋」刊。平成十七年第二歌集「風花空間」刊。平成二十六年現代歌人協会会員。平成二十七年第三歌集「土偶の祈り」刊。

現住所　〒〇三一―〇八一三

八戸市新井田丑鞍森三七―一一

東奥文芸叢書　短歌29

松坂かね子歌集

発　行　二〇一六（平成二十八）年五月十日
著　者　松坂かね子
発行者　塩越隆雄
発行所　株式会社 東奥日報社
〒030-0180　青森市第二問屋町3丁目1番89号
電　話　017-739-1539（出版部）
印刷所　東奥印刷株式会社

ISBN－978－4－88561－234－3　C0092　￥1200E

東奥日報創刊125周年記念企画

東奥文芸叢書　短歌

梅内美華子　福井　緑
工藤　邦男　福士　修二
山下　正義　工藤せい子
平井　軍治　中村　キネ
中村　道郎　佐々木久枝
道合千勢子　兼平　勉
山谷　久子　内野芙美江
斉藤　梢　秋谷まゆみ
大庭れいじ　間山　淑子
菊池みのり　吉田　晶二
寺山　修司　三ツ谷平治
横山　武夫　兼平　一子
中里茉莉子　三川　博
福士　りか　山谷　英雄
松坂かね子　鎌田　純一

（既刊は太字）

東奥文芸叢書刊行にあたって

青森県の短詩型文芸界は寺山修司、増田手古奈、成田千空をはじめ日本文学界をリードする数多くの優れた文人を輩出してきた。その流れを汲んで現代においても俳句の加藤憲曠、短歌の梅内美華子、福井緑、川柳の高田寄生木など全国レベルの作家が活躍し、その後を追うように、新進気鋭の作家が次々と現れている。

1888年（明治21年）に創刊した東奥日報社が125年の歴史の中で醸成してきた文化の土壌は、「サンデー東奥」（1929年刊）、「月刊東奥」（1939年刊）への投稿、寄稿、連載、続いて戦後まもなく開始した短歌・俳句・川柳の大会開催や「東奥歌壇」、「東奥俳壇」、「東奥柳壇」などを通じて、本州最北端という独特の風土を色濃くまとった個性豊かな文化を花開かせてきた。

二十一世紀に入り、社会情勢は大きく変貌した。景気低迷が長期化し、核家族化、高齢化がすすみ、さらには未曾有の災害を体験し、その復興も遅々として進まない状況にある。このように厳しい時代にあってこそ、人々が笑顔と元気を取り戻し、地域が再び蘇るためには「文化」の力が大きく寄与することは間違いない。

東奥日報社は、このたび創刊125周年事業として、青森県短詩型文芸の優れた作品を県内外に紹介し、文化遺産として後世に伝えるために、「東奥文芸叢書（短歌、俳句、川柳各30冊・全90冊）」を刊行することにした。「文化」の力は地域を豊かにし、世界へ通ずる。本県文芸のいっそうの興隆を願ってやまない。

平成二十六年一月

東奥日報社代表取締役社長　塩越　隆雄